D1810701

EL BARCO
DE VAPOR

El cumpleaños de Pupi

María Menéndez-Ponte

Ilustraciones de Javier Andrada

www.
literatura**sm**
.com

Primera edición: agosto de 2009
Decimoséptima edición: mayo de 2015

Edición ejecutiva: Paloma Jover
Coordinación editorial: Paloma Muiña
Revisión editorial: Carolina Pérez
Coordinación gráfica: Lara Peces

© del texto: María Menéndez-Ponte, 2009
© de las ilustraciones: Javier Andrada, 2009
© Ediciones SM, 2015
  Impresores, 2
  Parque Empresarial Prado del Espino
  28660 Boadilla del Monte (Madrid)
  www.grupo-sm.com

ATENCIÓN AL CLIENTE
Tel.: 902 121 323 / 912 080 403
e-mail: clientes@grupo-sm.com

ISBN: 978-84-675-7694-8
Depósito legal: M-34033-2014
Impreso en la UE / *Printed in EU*

A Diego,
que tiene grandes ideas
como Pupi.

Y a Ignacio,
que va a ser un aventurero
como Nachete.

Desde hace algún tiempo,
Pupi tiene una preocupación.
¿Por qué todos los niños
celebran el cumpleaños menos él?
A Pupi le encantaría que la profe
le pusiera la corona de papel
como a todos los demás.

Y poder llevar caramelos al cole.
Y hacer una fiesta.
Y soplar las velas de la tarta.
Y que le canten *Cumpleaños feliz*...
Coque celebró el suyo hace poco
en una hamburguesería,
con payasos y todo.

En cuanto llega al parque,
le pregunta a Coque
qué hay que hacer
para tener un cumpleaños.
Pero su respuesta lo deja
completamente abatido:
        –Tú no puedes celebrarlo.
        El botón de Pupi se vuelve
tan gris como el cielo.
        –¿Y por qué no puedo?
        –Pues porque no tienes años.
Ja, ja, ja...

Pero Pupi no se da tan fácilmente
por vencido.

–¿Y dónde puedo conseguirlos?

Coque se tira por el suelo de la risa,
asustando a los gorriones
que picotean las migajas
de los bocadillos.

Pupi no entiende
de qué se ríe su amigo.

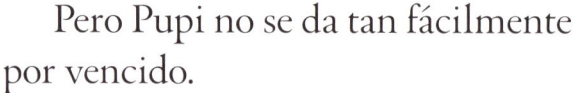

–Ay, qué risa, tía Luisa. Ja, ja, ja...
–Pero si tu tía se llama Lola
–le recuerda Pupi, desconcertado.

–Ay, que me parto... Ja, ja, ja...
Pupi está muy asustado.
¿En cuántos trozos se partirá Coque?
¿Y cómo lo van a pegar luego?
Su botón se ha puesto morado,
parece una lombarda.

–¿Quieres que avise a tu tía?
Las risotadas de Coque
se oyen por todo el parque.

–Ja, ja, ja, ja, ja...

En ese momento,
llega Conchi a recoger a Pupi.
Van a ir a la residencia de ancianos
a visitar al padre
de una amiga de Conchi.
    –¡Conchi, Conchi,
que Coque se va a partir!

–Tranquilo, neniño,
que solo se está riendo.
   –¡Ay, que me parto, que me parto!

17

–¿Lo ves, Conchi?
Ahora también se ríe ella.
–¡Pero qué ocurrente eres, Pupi!
«Partirse de la risa» es una expresión
que se dice cuando algo es muy gracioso.

Pupi piensa que los terrícolas son raros.
¿Por qué dicen una cosa si luego es otra?
Así no hay quien los entienda.

Cuando llegan
a la residencia de ancianos,
Pupi se lo pasa en grande
porque todos le cuentan
montones de historias.

Anselmo, que es mago,
le saca caramelos de las antenas.
Tiene el pelo tan blanco
que parece hecho de nieve.

—¿Qué tal está usted, Anselmo?
—se interesa Conchi.

—Me sobran años, hija,
me sobran años.

Sus palabras despiertan
el interés de Pupi.

Si a Anselmo le sobran años,
seguro que no le importará
darle unos cuantos a él
para poder celebrar su cumpleaños.

–¿Y cuántos tienes?
–pregunta Pupi, ilusionado.

–Cuarenta y cinco en cada pierna, hijo
–le responde sonriente.

«¡Vaya, qué fatalidad!», piensa Pupi.
Si Anselmo tiene los años en las piernas,
no se los puede regalar,
ya que entonces no podría andar.

Conchi entonces se lleva a Pupi
adonde está el padre de su amiga.
    –¿Qué tal, Pancracio?
¿Cómo se encuentra hoy? –le pregunta.

–Tirando, hija, tirando;
cada día me pesan más los años.
Pupi se queda muy sorprendido:
no tenía ni idea de que los años pesaran tanto.

–¿Puedo levantarte una pierna?
–le pregunta.

–¡Achúndala, Pupi,
qué cosas se te ocurren! –lo regaña Conchi.

–Es para ver cuánto pesan los años.

Pancracio estalla en una sonora carcajada.
Pupi contempla preocupado
cómo le tiemblan las arrugas
de la cara y del cuello.
Son como pliegues
hechos con plastilina.

–Este rapaz
siempre consigue hacerme reír.
Anda, levántame la pierna derecha,
a ver si puedes con ella
–dice guiñándole un ojo a Conchi.

Pupi lo intenta
con todas sus fuerzas,
pero apenas consigue
despegarla del suelo.

Y es que Pancracio es un bromista
y está empujando hacia el suelo
todo lo que puede.

—¡Jopeta, pues sí que pesan los años!
¡No voy a poder con ellos!
—exclama Pupi.

Pancracio lo anima
a que le levante la otra.
Pupi toma aire y levanta la pierna
medio metro del suelo
sin ningún esfuerzo.
    –¡Ahí va! En esta no tienes años,
están todos en la otra –exclama Pupi.

Pancracio y Conchi no paran de reírse.
Pupi no entiende de qué se ríen.
Pero cuando los demás ancianos
se enteran de lo que acaba de decir Pupi,
también se echan a reír.

Pupi está desesperado.

¿Por qué no le dan unos cuantos años
para poder celebrar su cumple
en lugar de reírse de él?

Su botón se ha puesto tan rojo
como una caldera a punto de explotar.

Y de pronto,
sus antenas empiezan a dar vueltas
haciendo que los ancianos
giren a su alrededor
como los caballitos de un tiovivo,
cada vez más rápido,
mientras sus risas se van encadenando
una tras otra, una tras otra...

Ahora Pupi está muy asustado,
su botón parece una berenjena.
—¡*Coscorro, coscorro*!
—Tranquilo, neniño, que no pasa nada
—lo tranquiliza Conchi abrazándolo.

Por fin, sus antenas se detienen
y el infernal tiovivo se para en seco.

–Estoy muy *repentino*, Conchi.
Yo solo quería
que me dieran unos pocos años
para poder celebrar mi cumpleaños
–explica Pupi–.
Como a ellos les sobran...
  –¡Ay, qué simpático eres!
Ya sé que estás arrepentido,
pero no te apures,
que tendrás tu cumpleaños
como los demás niños.

Al enterarse de lo que le ocurre a Pupi,
los ancianos se ofrecen para regalarle años.

–¡Tantos no, que no van a caber
las velas en la tarta! –exclama Pupi.

Todos ríen su ocurrencia
y le proponen a Conchi
celebrarlo en la residencia.
A Pupi le parece una gran idea.
Una idea buenísima.

Y por fin llega el ansiado día.
Anselmo, vestido de mago,
recibe en el jardín a los amigos de Pupi.
Ellos contemplan fascinados
cómo saca un montón
de monedas de chocolate
de las orejas de Rosy.

45

Y cómo convierte una flor
en diez pañuelos de colores
que desaparecen dentro del bolsillo de Bego
y... ¡aparecen en el de Blanca!

Los niños contienen la respiración
mientras los trucos de magia
se suceden uno tras otro.

Coque está un poco celoso.
–Mi cumple fue mejor
porque había payasos –le dice a Pupi.
Antes de que Pupi conteste nada,
aparecen Pancracio y Eulalia
disfrazados de payasos,
representando un número
de circo muy divertido.
Los niños aplauden entusiasmados.

A continuación,
los acompañan hasta la Casa del Terror,
de donde salen unos gritos espantosos
y sonidos terroríficos.
A Coque le da miedo entrar
porque está muy oscuro;
pero al final pasa
cogido de la mano de Nachete.

Dentro hay monstruos, fantasmas,
piratas, brujas... que no son otros
que algunos de los ancianos disfrazados.

Cada vez que entran
en la Casa del Terror,
viven una aventura diferente.
Por eso quieren pasar una y otra vez;
sobre todo, Coque.

   —A mí no me dan ningún miedo.

   —Ya, por eso ibas de la mano de Nachete
—le recuerda Blanca.

Poco después,
Rosario y Benito anuncian
que está lista la merienda.
Hay churros, pestiños y rosquillas,
todo casero. Están riquísimos.
    Pero lo mejor aún no ha llegado.

Cuando Pupi ve aparecer la tarta
con las velas encendidas
y sus amigos le cantan *Cumpleaños feliz*,
se pone tan contento
que su botón naranja ilumina
toda la habitación.

–¿De dónde has sacado seis años
si no tenías ninguno?
–le recrimina Coque, que no soporta
no ser el centro de atención.

–Me los han dado los *ancianícolas*
porque a ellos les sobran.

–¡Hay que ver
qué ocurrente es este rapaz!
–exclama Pancracio riéndose.

Antes de apagar las velas,
Pupi pide un deseo.
Y nada más soplar,
los ancianos empiezan
a bailar y a correr
como si fueran niños.
Conchi está
bastante sorprendida.

–¿Qué deseo has pedido, neniño?
–le pregunta a Pupi.

–Que no les pesen los años
a los *ancianícolas*.

–¡Ay, qué riquiño eres!

El resto de la tarde
lo pasan jugando
a la búsqueda del tesoro,
al escondite,
al baile de explotar globos
y a mil juegos más
de cuando los ancianos eran niños.

Nachete, Rosy y las gemelas
están de acuerdo
en que el cumple de Pupi
ha sido el mejor de todos.
Hasta Coque lo admite
a regañadientes.

TE CUENTO QUE JAVIER ANDRADA...

... cumple años en plenas vacaciones de verano, y cuando iba al cole nunca podía celebrarlo con sus amigos. Varias veces intentó su madre montarle una fiesta en el pueblo. Para ello, juntaba a la hija de una vecina, al hijo de una amiga, a los nietos y sobrinos de no sé quién. Ni los niños ni Javier se conocían y el resultado, por mucho amor que pusiera su madre, era un poco birria.

Pero una vez sí que pudo celebrarlo con sus amigos: comieron de todo y bebieron gaseosa Valverde de naranja y de limón, que era la que fabricaban en el pueblo. Y sopló las velas de una tarta deliciosa, igual que la de Pupi. Jugaron al pillapilla y al escondite. Y recuerda que lo pasaron genial.

Javier Andrada vive en Barcelona y trabaja como ilustrador para varias editoriales. Sus ilustraciones aparecen tanto en novelas como en libros de texto, cuentos, pictogramas y clásicos adaptados. Ha desarrollado proyectos para publicidad y para teatro infantil diseñando escenografías; también imparte talleres de ilustración y pinta.

TE CUENTO QUE MARÍA MENÉNDEZ-PONTE...

... cuando era pequeña, celebraba sus cumpleaños haciendo juegos y carreras en el jardín. Los premios siempre eran para ella y su prima, ya de por sí muy ágiles y saltimbanquis, que además se entrenaban especialmente para ganar las carreras de parejas del pañuelo, las de sacos y otras muchas.

Hace algún tiempo que María tiene 25 años. Cada 24 de septiembre, los cumple y los vuelve a descumplir para no olvidarse nunca de la edad que tiene. Eso de ir cambiando de año en año es un lío.

María Menéndez-Ponte nació en A Coruña. Ha escrito más de trescientos textos, entre cuentos y novelas, para niños y jóvenes. En 2007 recibió el Cervantes Chico, uno de los premios más prestigiosos de literatura infantil y juvenil.

Si te ha gustado este libro, visita

www.
literatura**sm**
.com

Allí encontrarás:

- Un montón de libros.
- Juegos, descargables y vídeos.
- Concursos, sorteos y propuestas de eventos.

¡Y mucho más!

Para padres y profesores

- Noticias de actualidad, redes sociales y suscripción al boletín.
- Propuestas de animación a la lectura.
- Fichas de recursos didácticos y actividades.